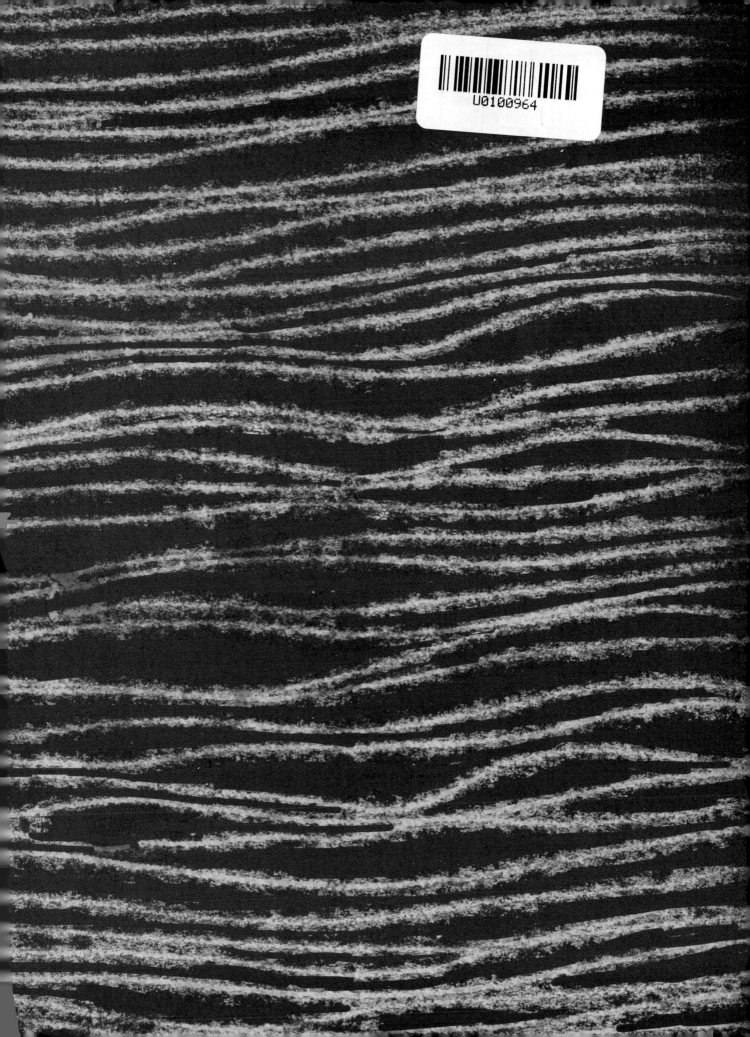

[德] 苏珊·欧罗斯　文

[德] 劳拉·莫莫·奥夫德哈尔　图

潘斯斯　译

高湔梅　审校

水是湿的

上海教育出版社
SHANGHAI EDUCATIONAL
PUBLISHING HOUSE

水是湿的
SHUI SHI SHIDE

Wasser ist nass

© 2015 Tyrolia-Verlag, Innsbruck-Vienna
Chinese simplified translation copyright©2016 by Shanghai Educational Publishing House
ALL RIGHTS RESERVED

本书中文简体字翻译版由上海教育出版社出版

上海市版权局著作权合同登记号 图字09-2015-1148号

图书在版编目(CIP)数据

水是湿的 / (德) 苏珊·欧罗斯 (Susanne Orosz)文 ; (德) 劳拉·莫莫·奥夫德哈尔(Laura Momo Aufderhaar)图 ;
潘斯斯译.–上海：上海教育出版社, 2016.8
（星星草绘本. 自然世界绘本）
ISBN 978-7-5444-7058-2

Ⅰ. ①水… Ⅱ. ①苏… ②劳… ③潘… Ⅲ. ①儿童文学 – 图画故事 – 德国 – 现代 Ⅳ. ①I516.85
中国版本图书馆CIP数据核字(2016)第170752号

自然世界绘本
水是湿的

作　者	[德]苏珊·欧罗斯/文	地　址	上海市永福路123号
	[德]劳拉·莫莫·奥夫德哈尔/图	邮　编	200031
译　者	潘斯斯	发　行	上海世纪出版股份有限公司发行中心
策　划	自然世界绘本编辑委员会	印　刷	上海中华商务联合印刷有限公司
责任编辑	李　莉	开　本	889×1194 1/16
助理编辑	钦一敏	印　张	2.25
美术编辑	周　亚	版　次	2016年8月第1版
出版发行	上海世纪出版股份有限公司	印　次	2016年8月第1次印刷
	上海教育出版社	书　号	ISBN 978-7-5444-7058-2 / I·0070
	易文网 www.ewen.co	定　价	28.00元

那喀索斯的故事

从前，有一个人叫那喀索斯。有一天，他在湖边提水的时候发现了自己的倒影。"我是多么英俊而有魅力啊！"他大喊，狂喜之余还跳起了舞。从此，那喀索斯迷恋上了自己的倒影，他从早到晚坐在岸边欣赏自己的倒影。为了不让湖中的倒影散开，他甚至决定不再喝湖水。很快，他就感到非常渴，但他宁死也不愿意喝一口湖水。就这样，他一天天虚弱下去，最终渴死了。

在他坐过的岸边，长出了两朵美丽的花，它们被叫作"那喀索斯"（水仙花）。今天，人们会把那些极端自我欣赏的人称为"自恋者"。

水是 …… **蓝色的**

　　如果从很远很远的地方——比如从月球遥望地球，地球看上去是蓝色的。因为地球上有很多湖泊和海洋，大约有四分之三的表面被水覆盖，所以我们把地球称为"蓝色的星球"。

　　其实，水是没有颜色的。它之所以看上去是蓝色的，是因为镜面效应。但不要认为是因为蓝色的天空倒映在水里，其实是因为阳光。

　　阳光里汇聚了红、黄、蓝、绿、紫等所有彩虹的颜色。其他颜色的光都被水吸收了，只有蓝色的光被水面反射出去，所以我们看到的水是蓝色的。

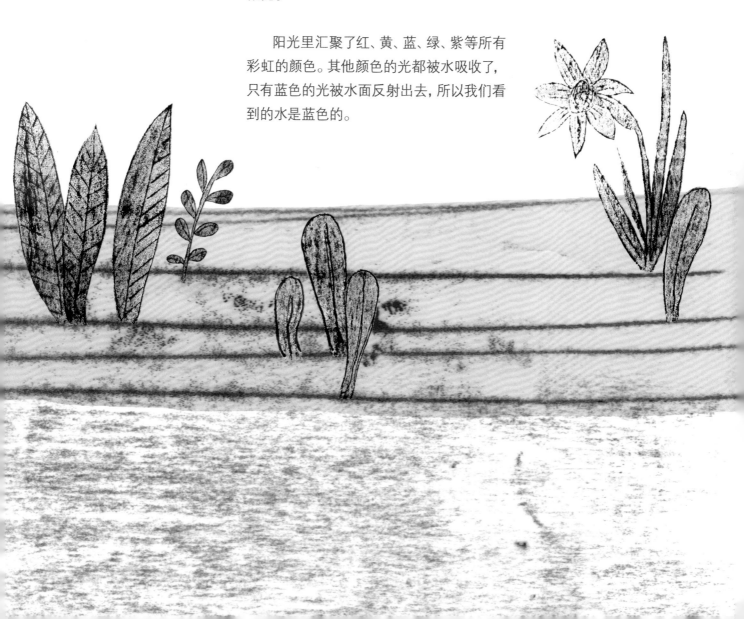

水的……
总量是恒定的

地球上水的总量是恒定的，水不会无缘无故地减少或消失，即使我们有时觉得是这样。

当阳光照射着一个小水坑时，水坑里的水会蒸发。但是蒸发掉的水分并没有消失，而是通过太阳的热量变成了看不见的水蒸气。水蒸气上升到高空，聚集到一定程度，又会变成液态水。这时的水是极其微小的水滴，我们用肉眼看不到它们。当它们聚集在一起的时候，就形成云，或者雾，变得显而易见了。当云里的水滴变得越来越大、越来越重的时候，就开始下雨了。

大部分的雨水会渗入泥土，最后汇入小溪、河流、湖泊和大海。雨后太阳再出来的时候，整个过程又开始重复。数百万年来，水都是以这种形式进行循环，既不会消失，也不会增加，总量保持不变：我们今天使用的水，在几千年前就有了。石器时代，人们还用水洗过脚呢。

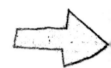

身轻如云，
随风飘荡，
滴滴落下

水的循环

平静，映射，闪闪发光，缓缓上升，如影如雾

断断续续，潺潺流动，缓缓渗入，藏身泥土

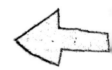

流淌，奔腾，喷洒，飞溅，哗啦作响，汩汩涌出

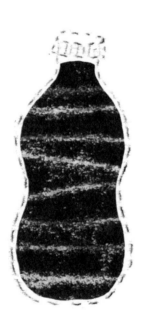

水是 ……
无形 的

液态水可以像大海一样宽广，也可以像小溪一样狭窄，或者像水珠一样圆滚滚的。

水可以有无数种形态，甚至可以分流后绕着某个物体四周流动。和地球上很多其他物质一样，水也是由无数微小的颗粒组成的。这些小分子虽然紧密地组合在一起，却可以移动位置，这使得水具有流动性。所以，当我们慢慢走入游泳池的时候，水会给我们让出空间。

有时候，如果我们没有给出足够的时间让水流动，就会感觉到水的坚硬。例如肚皮朝下跳进水里，或是用手掌拍打水面的时候。

像水一样

合气道是日本的一种柔术，这种功夫专注于防守。学习合气道并不是件容易的事情。亚恩已经练了整整一年了。

"我还要练习多久，才能比一个拿着棍棒或者长剑的高大男人更厉害呢？"亚恩问教练。

"当你灵活得像水一样时，就比他更强了！"

水的异常现象

水具有地球上其他物质所没有的一种特性：水的固态——冰比水的液态要轻。这被称为"水的异常现象"。你可以验证这个现象：在一杯水中放入一块冰，马上就能看到，冰块是浮在水面上的。

大海中的冰山也是这样。露出海面的通常只是冰山一角，这对船只来说十分危险。

水是…… 冷的

　　当夜里气温很低时，我们会在清晨发现，草地上、树叶上或者屋顶上都结着一层薄冰，显得特别梦幻。这些都是空气中的水分形成的。夏天，空气中的水分会以露水的形态附着在植物和建筑上。冬天，当气温降到0℃以下时，水就会结成霜。

　　水也会变成雪，或结成厚厚的冰。在南极和北极，终年寒冷，有时，气温甚至会降到零下70℃。这几乎比冰箱冷冻室里的温度还要冷4倍。南极和北极的大部分地方都被冰层覆盖着。在北极，冰层可以达到5米厚。而在南极，最厚的冰层甚至可以达到5千米，相当于170幢高楼叠起来那么高。

冻僵的手套

在雪地里
想要寻找一双温暖的手
冰雪的歌声正穿透它

水是……干净的

我们身上弄脏的时候，可以用水将身体洗干净。可是，水是怎么再变干净的呢？

比如冲厕所的水，它是不能直接排入湖中或者河里的，那样会毒害动植物。它会被地下管道引到污水处理厂。污水中的污染物要经过工厂的多道程序来清除，比如，利用大型的栅栏或者细菌。有些微生物喜欢用污水中的脏东西来填饱肚子。经过处理后的水又可以回到大自然中去了，比如，流入河流。这部分水源叫商业用水。

但是，这些水还不能直接饮用，还需要经过特殊的净化处理才能成为饮用水。

水的净化费用十分昂贵，很多国家承担不起，所以，有许多地区的污水仍然被直接排放到大自然中。

组装自己的净水器

拿一个漏斗放到大小合适的空玻璃瓶（果酱瓶或者咸菜瓶）上。将一块棉花放到漏斗口中，然后撒上细沙，直到盖住棉花，最上面再撒上一层碎石子。现在就可以把脏水（比如蓄水桶里的水）通过漏斗倒进玻璃瓶里去了。你可以把过滤后的水与之前的脏水进行比较。

注意：虽然水经过了净化，但是依然不能直接喝哦！

打扫厨房

阿尔伯特和安娜丽莎，
在厨房里洗洗刷刷。
安娜丽莎和阿尔伯特，
地板，地砖，炉灶，一个也不放过。
因为谁都不想在厨房里，
看到老鼠、蛀虫和蟑螂的影子。

巨人和牧人

（来自因河河谷的传说）

很久以前，一个凶恶的巨人和一个矮小的牧人打赌。他们都说自己比对方更强壮。

"我比你强壮多了！"巨人对牧人说。为了证明这点，他拿起一块石头，用尽全力挤压。"啊啊啊！"他挤压了很久，直到水从石头里滴出来。

牧人说："这个我也可以！"但是他没有拿石头，而是悄悄地从口袋里掏出一块羊奶酪。没用多长时间，水就从他的指缝里流出来了。

"该死的！"巨人惊叹道，吓得发抖。因为他相信了，矮小的牧人真的比自己强壮。

水……无处不在

水随时都在流动，它无处不在：在湖泊中，在河流中，在海洋中，在空气和土壤里。水存在于植物和动物中。就连我们人类身体的大部分也是由水组成的。我们身体里的水有不同的作用。比如，水会将身体中的代谢物以尿液的形式排出体外；当我们感到热的时侯，水又以汗水的形式为身体降温。通过这些方式，我们的身体每天会流失1~2升水分。所以，保证充分的饮水十分重要。

水 …… 很重要

水洼旁
（西南非洲克伊族的寓言）

热带草原在长时间的干旱后终于下雨了。坑里积了一些水，大象看见了，赶快冲过去把其他动物都赶走了。"走开！这个水坑是我的！"大象说。过了一会儿，大象觉得饿了，就命令乌龟帮他看住水坑，不许其他动物来喝水。乌龟严格执行大象交代的任务，把所有想来喝水的动物都赶走了："这个水坑是属于大象的！"

后来，兔子一家来了。"这个水坑是属于……"乌龟刚想重复一直说的话，兔子打断了他："水坑属于所有口渴的动物！"于是，兔子带着孩子们开始喝水。随后，其他动物也都跟来喝水。大象回来后，发现水少了很多，就威胁乌龟说要吃掉他作为惩罚。这时，其他动物都来帮忙，把乌龟救了下来。

从此以后，在非洲，只要有人问水是谁的，每个人的答案都是："水属于所有口渴的人！"

没有水就没有生命——没有植物，也没有动物。人类如果没有水喝，就只能存活几天。除此之外，饮用干净的水也十分重要，因为喝了脏水会引发很多疾病。

在富有的国家，人们从自来水管中就能喝到干净的水。而在贫穷的国家，则需要购买瓶装饮用水。在亚洲中部、非洲和南美洲的沙漠地带，人们只能从几个特定的水井中得到饮用水。妇女们必须走几个小时的路，才能背回一桶全家人饮用的水。在有些国家，干净的饮用水简直就是奢侈品。

水 …… **很着急**

"文杜里效应"

当水流通过一处很窄的地方时，水流会变急，压力会变大。这个现象是由意大利人格罗瓦尼·文杜里首先发现的。其实，我们自己也能经常观察到这个现象。

拿一根花园里浇花用的橡皮管接到自来水龙头上，水不要开得太大。水会从水管中缓缓流出，形成一道弧线。这时，用手指堵住水管出口的一部分，使水流的通道变窄，你会发现，水流变急了，水会喷射出去，比之前远很多。

流动中的水会产生很大的能量。以一条大河为例，没有人能轻易阻止它流动——它能推倒坚固的墙体，甚至卷走笨重的树木和岩石。

大约在5000年前，人类就学会了利用水的这种力量。那时的人们建造水车，用水流的力量使水车转动，再带动不同的机器，比如磨具或者锤头。即使在今天的水力发电站中，我们仍然可以看到大型的轮子（涡轮发动机）是用水力来带动，产生电力的。

着急的事儿必须去做……

爱丽丝慌慌张张，
跑到一片绿草地上。
蹲在三叶草丛里吧，
会尿到自己的脚上。
紧靠在大树前吧，
会被人从身后发现。
爬到灌木丛里吧，
会扎疼自己的肚子。
哎，看见就看见吧，
我就站着尿啦！

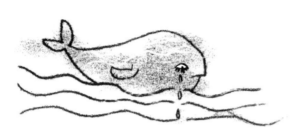

小玛丽摔伤了膝盖，
又哭又叫，闹个没完。
我来亲亲你，吻干脸上的泪滴，
因为，盐——是健康的。

水是……

咸的

在海里游过泳的人都知道，海水是咸的。海水咸的原因是水的循环。下雨时，大部分的雨水会渗入土壤。泥土中的盐分和矿物质就被水分解出来，并被地下水带入河流和小溪。河流和湖泊中的盐分并不高，但河流年复一年地将百万吨的盐带入大海。当太阳照射到海面上时，水分蒸发了，盐却留了下来。水循环又重新开始了。蒸发的水分升空转化成云朵，之后又以雨雪的形态回到地面。雨雪渗入土地后，又带着泥土中分解的盐分和矿物质最终流入海中。这个循环已经进行了千万年，所以，海水中存在大量的盐分。

游泳的鸡蛋

盐不仅让水变咸，而且人在含有盐分的水中游泳会变得更容易。对我们人类如此，对鸡蛋而言也是如此。

在一杯水中放入一个生鸡蛋，之后逐渐加入盐，并小心搅拌。看看会发生什么？

水是…… 神秘的

水一直令我们着迷，却又让我们有些敬畏。很久很久以前，人们对于暴雨或者洪水这样的自然现象还不能作出科学的解释。那时的人们推断，产生这些自然现象，是因为天上的神灵发怒了。

湖泊和海洋，更是让人觉得深不可测。种种关于水怪的故事在水手间口口相传。

没有水就没有生命。人们喝水解渴，用水清洁，用水预防疾病。因此，水是大自然给予我们的最好的礼物。在世界各大宗教里，水有着极为重要的地位。

水怪

伸出你的利爪，我深爱的水怪，
登上我即将沉没的航船，陪我来到礁石边。
古怪的水猴，阴森的水鬼，
巨大的章鱼，还有水里的长颈鹿，
请接受我的邀请，
一起见证这场婚礼。

水声很响

夜里，当雨点敲打着铁皮屋顶，
我的脚趾开始在温暖的床上起舞。
那一定是一支美丽的探戈，
夜里，当雨点敲打着铁皮屋顶……

水能发出许多不同的声音。当我们跳进湖里或者游泳池，水会发出"扑通"或"噼啪"的声音；水在小溪里"叮叮咚咚"；水在你的肚子里"咕噜咕噜"；水从龙头里"汩汩"流出；大雨"哗啦啦"地落在金属屋顶上；瀑布会咆哮；海浪会怒吼……

水是……**吵闹的**

模仿水声

水声很容易模仿。找几个好朋友，大家围坐成一圈。先打一会儿响指，再合上双手搓一会儿，然后用手拍打自己的大腿，最后使劲地在地上跺跺脚。

现在想一想，我们刚才都模仿了哪些大自然中的声音呢？

小贴士：下次洗澡的时候，试着捂住你的耳朵！

万物之源

数十亿年前，地球上还没有植物，没有动物，也没有人类。但是那时，地球上就有水了！

据推测，地球上的第一个生命就是在水中诞生的。随着时间的流逝，自然界渐渐进化出了植物、动物，最终出现了人类。至今，人类的生命依然是在水中诞生的：胎儿在母亲的羊水里生长，羊水能保护胎儿不受击打或者碰撞，无忧无虑地生长。所以，婴儿刚出生时都能潜水，并且能在水中自动做出游泳的动作。

水里有各种生命

在春天或者夏天，带上一个玻璃瓶和一个放大镜，和大人一起去水塘、小河或者湖边。你会惊奇地发现，那里生活着许许多多不同种类的神秘动物：甲虫，千足虫，小螃蟹，刺猬，水蚤，还有蜗牛，等等。它们一个个都忙忙碌碌的。如果运气好的话，你还能看到小蝌蚪。不过请注意，让这些小动物在你的瓶子里呆一会儿就行了哦！为了让它们继续生存，你要尽快让它们回到水中。

麝香鼠是如何创造陆地的
（来自加拿大阿尔冈昆人的神话）

在陆地出现之前，地球上除了水，什么也没有。所有的动物都住在水上的一只木筏子上。他们厌倦了一直漂流的生活，总想能在一个地方定居下来。但那时还没有陆地。

动物们的首领——兔子，下令让海狸潜到水底，并且把水底的沙子捞上来。兔子保证说："哪怕你只带上来一颗沙粒，它也能够生长出大片的土地。所有的动物都能够在这片土地上生活。"

海狸跳下水去，但是没法潜到水底。这时，兔子又命令水獭下潜，但是水獭也没办法潜到那么深。最后，麝香鼠说："我能行！"说罢，它跳进了水里。

一分钟过去了，一小时过去了，整整一天过去了，动物们都不抱希望了。就在这时，麝香鼠筋疲力尽地从水中钻出来。大家把它拉上木筏，一只一只打开它的爪子。第一只，第二只，第三只……当第四只爪子打开时，动物们看到，那里躺着一颗沙粒。这颗沙粒长啊长啊，直到最后，形成了陆地。

苏珊·欧罗斯（Susanne Orosz）

1962年出生在维也纳，现生活在德国的石勒苏益格-荷尔斯泰因州。在这里，她享受着园艺、大自然，享受着海边的生活和创作。她曾为德国电视一台和二台创作了大量剧本，并且为众多出版社创作青少年儿童文学作品，如埃勒曼（Ellermann）出版社和青春之泉（Jungbrunnen）出版社。

劳拉·莫莫·奥夫德哈尔（Laura Momo Aufderhaar）

自由插画家和平面设计师。毕业于柏林工程经济学院传播设计系，师从弗朗茨·茨奥雷学习插画。现和家人生活在柏林。她的处女作《蚊子戈尔达——有关蚊子的百科全书》（Tyrolia，2013）荣获德意志青少年儿童文学奖科普绘本大奖。